I0550887

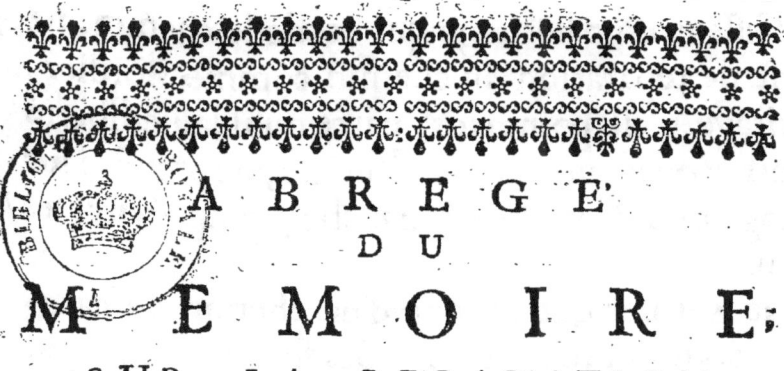

A B R E G É
D U
M E M O I R E;
SUR LA REPARATION
DES CHEMINS.

AVERTISSEMENT.

Ce Discours est effectivement un Abregé du grand Memoi-
re dédié au Regent, j'en ay emprunté une partie de ce qu'il
y a de plus important dans celuy-cy; mais ce n'en est pas
un simple abregé, puisque je me suis corrigé en plusieurs
endroits, puisque j'y ay ajoûté beaucoup de considerations
dignes d'attention, & que je m'y suis servi d'une autre mé-
thode que celle que j'avois employée dans le grand Mémoire.

DIVISION DE CE DISCOURS.

IL y a de deux sortes de dépenses absolument necessaires, pour rendre dans chaque Election, dans chaque Generalité, les chemins propres au Commerce, &
aussi commodes en Hyver qu'en Eté; la premiere, c'est
la dépense que doit le Roi, c'est-à-dire, l'Election, la
Generalité; la seconde, c'est la dépense que doivent les

A

Bordiers, qui ont fermé leurs heritages le long des Chemins.

Le Poſſeſſeur d'un heritage qui borde le chemin, ne doit point de réparation au chemin comme Bordier, ſi ſon heritage n'eſt point clos, parce qu'il laiſſe liberté entiere aux Voyageurs, aux Voituriers, de prendre ſur ſon heritage ou à droite, où à gauche, pour éviter les mauvais pas.

Mais le Bordier qui le long d'un chemin en campagne fait pour ſa propre utilité des foſſez, des hayes, des murs, cauſe par cette ſorte de travail deux ſortes de domages au public; 1°. ces foſſez, ces hayes, ces murs, empêchent que le Soleil & le vent ne ſechent autant le chemin qu'ils l'auroient ſéché, s'il n'y avoit fait aucune clôture, & par conſequent il s'y fait de plus grandes orniéres, de mauvais pas, & en plus grand nombre, 2°. Les Voyageurs, les Voituriers ne peuvent plus prendre ou un peu à droite, ou un peu à gauche, pour éviter ces mauvais pas & ces orniéres.

Il eſt donc viſible que le Bordier par cette nouvelle clôture contracte une nouvelle obligation envers le Public, envers les Voyageurs, & les Voituriers, c'eſt de *rendre par des pierres rangées ou autrement le chemin auſſi commode pour eux, qu'il l'eſtoit avant cette clôture.*

Il eſt vray, que ſi dans la ſuite il juge que la dépenſe des pierres, ou des autres ouvrages neceſſaires, pour rendre le chemin auſſi bon qu'il l'étoit avant la clôture, ſeroit plus grande que le profit qu'il tire de cette clôture, il peut en l'ôtant ſe diſpenſer de cette réparation, parce qu'alors il laiſſera les bords du chemin comme il les a trouvez.

Celuy qui a trouvé son heritage clos de toute ancienneté le long d'un chemin n'est pas dans un moindre engagement envers le Public, que le premier de ses prédecesseurs qui a fait la premiere clôture de cet heritage ; il n'a pas plus de droit de tenir cet heritage clos qu'en avoit le premier, qui a fait cette premiere clôture ; ainsi en luy succedant pour le droit de clôture, il est évident qu'il luy succede pour l'obligation à laquelle cette premiere clôture assujettissoit ce prédécesseur, il doit donc comme luy ou déclore, ou tenir le chemin commode, & aussi bon que s'il n'y avoit point de clôture.

Le Proprietaire ne peut pas dire aujourdui que le Public a fait autrefois le chemin au travers de son heritage lors qu'il estoit fermé : car comme il n'y a nulle aparence, ce seroit à ce Proprietaire à le prouver par écrit, & à demander pour cela un désinteressement au Public. Or sans pareille preuve l'on croira toûjours avec fondement, que le chemin public a commencé avant toute clôture particuliere.

Il est certain que quand le terroir est marécageux ou de terre grasse & glaizeuse, on a beau prendre à droite ou à gauche, on s'enbourbe toûjours en temps de plüie, & alors il faut dans cet endroit une chaussée, il faut du pavé pour rendre ce chemin propre au Commerce, & c'est justement la dépense que doit le Roi, c'est à-dire, l'Election, la Generalité ; le Bordier doit à la verité y contribuer, non comme Bordier, mais comme tous les autres Habitans de l'Election ou de la Généralité.

Il est aisé de voir par cette exposition, jusqu'où s'é-

A ij

tend d'un côté l'obligation du Roi, ou de la Generalité, à l'égard de la dépense pour les Ponts, pour les Pavez, & pour les autres Ouvrages des chemins, & à quoi se borne de l'autre l'obligation & la dépense des Bordiers qui ont des clôtures, des fossez, des hayes, des murailles sur le bord des chemins.

L'élection, la Generalité doit du pavé par tout où le chemin en rase campagne est impraticable en Hyver, le Bordier doit des pierres à suffisance & bien rangées, & autres petits travaux, mais il n'est obligé à cette dépense qu'autant qu'il veut conserver la clôture.

Je vais faire quelques réflexions sur chacune de ces deux sortes de dépenses & d'obligations; mais auparavant, il est bon d'observer que la dépense que feroient les Bordiers seroit peu utile, si les chemins estoient impraticables en quelques endroits, faute des Ponts & des Pavez necessaires que doit le Roy ou la Generalité, & que la dépense que feroit le Roy ou la Generalité seroit de même peu utile, si les chemins estoient impraticables en une infinité d'endroits, faute des déclôtures ou des petits ouvrages necessaires que doivent les Bordiers lorsqu'ils veulent se dispenser de déclôre, il faut donc que ces deux dépenses concourent en même-temps; autrement le Commerce en demeure fort affoibli.

REFLEXIONS SUR LA DEPENSE
que doit le Roi ou la Generalité.

1°. Il faut que le fonds destiné aux chemins dans chaque Generalité soit suffisant pour les rendre aussi praticables en Hyver qu'en Eté, autrement le Commerce en souffrira confidérablement, & loin que l'épargne fur cet article pût eftre regardée comme avantageuse à l'Etat, elle luy cauferoit au contraire une perte ineftimable.

2°. Il s'en faut bien que dans chaque Generalité le fonds ordinaire des Ponts & Chauffées foit fuffifant pour l'entretien des ouvrages anciens, bien loin qu'il fuffife pour en faire de nouveaux, qui feroient encore plus néceffaires que plufieurs des anciens. Depuis plus de trente ans, cette partie de noftre Police, quoyque trés-importante, a efté fi négligée, fur tout dans les Provinces éloignées de la Capitale, que le Commerce y eft prefque interrompu plus de fix mois de chaque année, & à peine les fonds ordinaires fuffifent-ils pour payer les appointemens du Treforier de France, qui eft Subdelegué pour les chemins, de l'Ingenieur, ou Voyer general, du Treforier des Ponts & Chauffées, & de quelques autres Officiers qui y font employez ; dans la Generalité de Caën par exemple, il devroit y avoir le fort portant le foible, au moins un fonds ordinaire de 90000. livres deftiné aux chemins pour Roüen, 150000. liv. pour Alençon , 60000. liv. au lieu de cent mille écus ou environ, à peine y a-t-il pour ces trois Generalitez de Normandie 40000. liv. par an, auffi il arrive que ces Officiers, faute de fonds, n'ayant point d'ouvrages à conduire, font payez, & ont de gros gages pour ne rien faire.

3°. J'ay étudié avec foin les Travaux neceffaires aux chemins de l'Election de Valogne, foit pour reparer les anciens, foit pour en faire péu à péu de nouveaux auffi utiles que les anciens, & j'ay vû que la dépenfe ne pouvoit aller à moins qu'à dix mille francs, sans y comprendre les travaux des Bordiers, qui peuvent estre estimez en détail à peu près à la même somme, l'Election de Valogne paye au Roy cette année 1716. en Taille environ 220000. liv. non compris le Dixiéme & la Capitation, la Generalité entiere paye 1800000. liv. en Taille outre la Capitation, qui est de 600000. liv. & le Dixiéme qui est de 800000. liv. il est vray, que la Taille est trop forte au moins d'un dixiéme ou de deux sols pour livre ; ainsi cette Election pour se pouvoir soûtenir, & avoir de quoy cultiver les terres devroit estre réduite à 200000. liv. au lieu de 220000. liv. & la Generalité à 1620000. liv. au lieu de 1800000. livres, alors le sol pour livre des chemins n'iroit qu'à 10000. liv. pour l'Election de Valogne, & à 81000. l. pour toute la Generalité de Caën. Par l'examen que j'ay fait des biens de cette Election, la Taille ainsi réduite à 200000. liv. montera encore à plus du cinquiéme du revenu des Tailles, & c'est le centième denier des Holandois, ce qui est un subside très-fort en temps de Paix.

4°. Je sçai bien qu'il y a plus de chemins marécageux à paver, plus de Ponts à faire, & à entretenir dans certaines Elections que dans d'autres ; mais l'Intendant en faisant employer dans chaque Election les trois quarts de la somme qui s'en tire, pourra en appliquer le quart aux besoins pressans d'une autre Election, selon les destinations que la Cour en fera sur son Rapport.

5°. Il y a de même dans une Generalité certaines routes plus grandes & plus frequentées, comme celles qui font la communication des Villes Capitales, des

Provinces, & sur tout celles qui ménent à la Capitale du Royaume, & mêmes celles qui font la communication des Villes d'Election à la Ville de la Generalité ; il est évident que ces routes qui seront particulierement sous l'inspection de l'Ingenieur ou Voyer General de la Generalité, doivent estre encore mieux tenuës que les routes de petite Ville à petite Ville, & de Bourg à Bourg; & c'est pour cela qu'il est à propos que tout le subside des Chemins d'une Election plus écartée, moins frequentée, moins ocupée de rivieres, & moins marécageüse, n'y soit pas employé tout entier, mais aussi il est juste que cette mesme Election voye employer chez elle la plus grande partie, c'est-à-dire, les trois quarts de ce subside.

6°. Il y a outre cela de temps en temps dans les Provinces des débordemens qui emportent des Ponts considerables, ou qui causent d'autres grandes ruines, alors il est évident que pour ces dépenses extraordinaires il faudra avoir recours aux subsides extraordinaires.

REFLEXIONS SUR LA DEPENSE
que doivent les Bordiers.

1°. Cette dépense regarde non-seulement les travaux que doivent les Bordiers aux grands chemins de Ville à Ville, de Bourg à Bourg; mais encore celle qu'ils doivent aux petits chemins de Vilage à Vilage, & de Bourg à Bourg; ce font autant de petits rameaux, de petits canaux, dont il faut oster les obstructions, si l'on veut augmenter la circulation que demande le Commerce; les grands Marchez ; les grandes Foires ne se forment fi confiderables que par une infinité de Marchands & de Marchandifes qui viennent en détail de ce nombre prodigieux de petits Rameaux.

2°. Il eft évident que tant que la plûpart des grands chemins, & des chemins de traverfe, feront impraticables l'Hyver, par la négligence des Bordiers, le Commerce fera foible & languiffant, au lieu qu'avec une dépenfe très-modique pour chacun d'eux, le Commerce augmentera très-fenfiblement, & leur raportera dix pour un, ou mille pour cent de revenu.

3°. Cette dépenfe regarde également les Bordiers des péis d'Eftats, comme les Bordiers des péis d'Election; ainfi il eft à propos qu'il y ait un reglement general qui puiffe eftre également executé par tous les Bordiers dans toutes les Provinces du Royaume.

4°. Un Reglement qui fera connoiftre aux Bordiers leur devoir envers le Public, ne fera pas fuffifant s'il ne pourvoit pas en mefme temps à fa propre execution, par l'eftabliffement de quelques Officiers en nombre fuffifant, & fuffifamment intereffez à le faire executer : nous n'avons déja que trop de Reglemens fur l'affaire même des chemins, qui faute de cette dépenfe pour entretenir ces Officiers, font demeurez entierement inutiles.

5°. Si tous les Bordiers avoient affez de lumieres pour voir qu'un écu de dépenfe que chacun d'eux fera l'Efté aux chemins, luy rapportera infailliblement dix écus l'Hyver fuivant, où même fix écus, où même feulement un écu; il ne feroit pas befoin d'eftablir des amandes à l'égard des contrevenants, il n'y en auroit pas un qui voulut contrevenir au Reglement, leur intereft évi-

demmen

demment démontré, fuffiroit pour les faire tous agir
avec empreffement : mais malheureufement de cent
mille, à peine y en a-t-il trois cent qui puiffent fentir la
force de la démonftration, & de ceux-cy, il y en a peu
qui lifent les Mémoires où l'on trouve pareilles demonf-
trations.

Or que fait le fage Légiflateur ? il fupplée par fes lumieres & par fon Reglement, au defaut de lumiere de
quatre millions de Sujets, & les fait confpirer tous en-
femble vers un même but ; il leur donne une Loy qui
leur eft très-avantageufe, & fe fert de fon autorité pour
les engager à l'executer par la crainte d'une peine fuffifante & inévitable ; alors ils marchent vers leur avantage, comme font les Enfans fous les fages loix d'un bon
Précepteur, ils agiffent non par le défir d'un profit qu'ils
n'ont pas l'efprit de voir ou de prévoir, mais par la
crainte d'une peine fuffifante qui leur paroift inévitable.

Ainfi un Bordier fera en droit foy, la dépenfe d'un
écu, dans la crainte de payer deux écus pour une
amende, qui ne l'aquiteroit pas de la dépenfe qu'il
doit aux chemins : il eft vray qu'il fera cette dépenfe
malgré luy, car ce que l'on fait par crainte, on le fait
toûjours malgré foy ; mais il n'en eft pas moins vray
que pour chaque écu de dépenfe, il en recueillira dix,
& il arrivera même, que fa dépenfe diminuëra tous
les ans, & que fon profit loin de diminuer, ne fera
qu'augmenter ; c'eft que la premiere dépenfe des chemins une fois faite, il en coûtera beaucoup moins pour
l'entretien : & à l'egard du Commerce, il eft de fa
nature, qu'il aille toûjours en augmentant, quand

B

îl n'y arive point d'obftacles eftrangers.

6°. Si la peine ne paroîft inévitable au Bordier : s'il voit pendant toute l'année, fon voifin contrevenant au Reglement; c'eft à dire, fans reparer l'Efté, & fans déclore l'Hyver, & cependant impuni, il fera luy-même contrevenant l'année fuivante, par l'efperance de la même impunité; & bientoft tous les Bordiers, les uns à l'exemple des autres, négligeront de réparer l'Efté, & de déclore l'Hyver.

7°. Il faut obferver qu'il eft d'autant plus neceffaire qu'il y ait fur les lieux, des Officiers uniquement ocupez à juger l'Hyver, ce grand détail d'amendes, & de déclôtures; & d'autres Officiers fubalternes, qui faffent payer régulierement les unes, & executer promptement les autres : que quand cent Bordiers auroient travaillé utilement à réparer chacun en droit foy, trois ou quatre lieuës de chemin, ce grand travail deviendroit prefqu'inutile, fi un feul laiffoit en deux ou trois endroits, dix ou douze perches de chemin impraticable, fans déclore, ni à la droite, ni à la gauche de ces mauvais pas. Et effectivement, que fert au Voiturier, au Voyageur de trouver le chemin beau, & bien tenu pendant quelques lieuës, s'il rencontre d'efpace en efpace quatre ou cinq mauvais pas, où fa Voiture fe brife, où fes Chevaux s'eftropient, & où luy-même eft en danger de la vie?

8°. Non-feulement la dépenfe des Bordiers raifonnables & obeïffans, devient prefqu'inutile, par la négligence & l'opiniâtreté d'un petit nombre de Bordiers, qui ne veulent ni réparer, ni déclore; mais il arrive même, que la dépenfe qu'aura fait le Roy, ou la

Generalité, pour réparer les Ponts & Chauſſées, devient auſſi par la même raiſon preſqu'inutile, puiſque
le Commerce en demeure preſqu'également interrompu.

9°. On ne peut pas empêcher un Bordier, d'êſtre ou
négligent, ou injuſte envers le Public ; mais on peut
par l'attention des Officiers, remedier par la déclôture
à la négligence, ou à l'injuſtice de ce Bordier ; il eſt
vray qu'il y a toûjours un grand nombre deBordiers, ou
injuſtes, ou négligens, quand même il n'y en auroit
qu'un de cet eſpece ſur cent autres : mais n'eſt-il pas
de la police, d'augmenter à proportion le nombre des
Officiers, prepoſez pour rémedier à temps par les déclôtures, à toutes les contraventions, ſur tout quand
ceux qui ſont chargez de cette Police, ont une fois
vû avec évidence, que les gages de ces Officiers ſeront
incomparablement moindres que les avantages qu'ils
procureront ?

10°. Il eſt donc neceſſaire de faire un Reglement,
*pour marquer le devoir des Bordiers:*c'en eſt la premiere partie, mais il n'eſt pas moins neceſſaire de commettre des
Officiers, *pour obliger ces Bordiers à s'acquitter de ce dévoir;*
on peut ſi l'on veut, renfermer ce devoir en termes
generaux, en un ſeul article très-équitable, que
voicy.

Chaque Bordier, ou chaque particulier, qui poſſedera un
Héritage clos le long d'un chemin, ſera obligé ou d'ôter
ſa cloture, ou de rendre le chemin auſſi commode qu'il l'étoit
avant cette cloture.

Mais pour faire bien obſerver cet article fondamental, il faut quantité d'autres articles ſubalternes ; &

B ij

c'eſt ce détail d'articles à examiner, que je donnerai dans un Mémoire à part, quand le Conſeil aura reſolu de former un Reglement general ſur cette matiere.

11°. La ſeconde partie du Reglement, regarde comme nous avons dit, les moyens de faire bien executer l'article fondamental ; & l'unique moyen conſiſte à faire enſorte, qu'il y ait dans chaque Election, Sénéchauſſée, ou Viguerie, un nombre ſuffiſant de Voyers, & de Sous-Voyers, ſuffiſamment intereſſez à cette execution, avec pouvoir de juger, & faire payer des amendes convenables, de juger, & de faire faire les déclôtures neceſſaires ; car ſi le nombre de ces Officiers n'eſtoit pas ſuffiſant, & proportionné au nombre des contrevenants, pluſieurs contraventions demeureroient impunies, & le Reglement ſeroit bientôt décredité, & ſans aucune autorité.

12°. Comme il y a dans chaque Election, Viguerie ou Sénéchauſſée d'une mediocre eſtenduë, environ neuf ou dix mille Bordiers qu'il faut mettre en beſogne, il me ſemble que dans une pareille Election, on ne peut pas moins y commettre qu'un Voyer & deux Sous-Voyers ; le Voyer pour juger les amendes & les déclôtures dans ſes Viſites : les Sous-Voyers, pour remarquer les lieux qui doivent eſtre viſitez, & pour faire executer chacun dans leur Département, toutes les déclôtures qui ſeront jugées, & l'on ſçait que cette execution, & le recouvrement des amendes, demandent un nombre prodigieux de petits détails, qui conſomment neceſſairement beaucoup de temps ; de ſorte que s'il y a quelque choſe à craindre, c'eſt que ces deux Sous-Voyers ne ſuffiſent pas ; Au reſte, on pourra aug-

menter ou diminuer le nombre de ces Officiers, selon
le plus ou le moins d'estenduë de chaque Election. Il ne
me reste plus qu'à repondre à quelques Objections.

I. OBJECTION.

Au lieu d'obliger les Bordiers qui ont des clôtures le
long des chemins, de réparer, ou de déclore, ne seroit-
il pas plus à propos que le Roy se chargeât encore de
ces réparations, & les fit faire comme celles des
Ponts & Chauffées?

REPONSE.

1°. Il est certain que si le Roy se chargeoit de ces réparations que doivent les Bordiers, il faudroit lever un
nouveau subside pour cela sur l'Election ; & l'on sçait
combien les Entrepreneurs veulent profiter sur leurs
entreprises : ainsi on peut dire, que pour faire le même travail, qui coûteroit aux Bordiers onze mille
francs, à les faire travailler chacun en droit soy, il faudroit lever encore plus de vingt-cinq mille francs sur
l'Election, outre les dix mille livres pour les Ponts &
Chauffées.

2°. Pour faire ce nombre prodigieux de Procez ver-
baux, de devis, & de Jugemens de parfait, il faudroit trois fois plus d'Officiers que je n'en propose.

3°. Plus il y a d'Articles dans une Ajudication, plus
il y a de portes pour les Entrepreneurs & pour les Se-
crétaires, pour faire dans les travaux du Roy, des mal-
versations avec facilité & avec impunité, tant sur le

B iij

prix de l'Ajudication, que fur la maniere d'executer le travail ajugé.

4°. Les Bordiers trouvent bien plus facilement des ouvriers à bon marché fur le lieu, ils travaillent eux-mêmes, & gagnent ainfi leur argent; ils connoiffent mieux où font les pierres les plus proches, ils prennent des journées des Charetiers, lorfque ces Charetiers font le moins occupez, & en tirent ainfi beaucoup meilleur marché: ces confiderations prouvent que ces réparations faites par Ajudications, feroient moins utiles,& coûteroient aux Bordiers mêmes comme contribuables prefque le triple de ce qu'elles coûteront, lorfque ces Bordiers les feront chacun endroit foy.

II. OBJECTION.

Ces trois Officiers que vous propofés pour chaque Election de médiocre étenduë, loin d'eftre à charge, feroient certainement très-utiles à l'Eftat, fi l'on pouvoit s'affûrer qu'ils fiffent bien leur devoir; mais ils feront comme tant d'autres, ils fe feront bien payer de leurs Apointemens, & ne feront rien, ou prefque rien.

REPONSE.

1°. C'eft un inconvenient commun à toutes fortes d'employs; je fçai bien que les Officiers des chemins, comme les autres Officiers de toute efpèce, feront des hommes, & que par confequent la plûpart d'entr'eux feront négligens, & beaucoup plus ocupez de leur intereft particulier, que de l'intereft public. Cependant doit-on conclure de là, que l'Estat ne doit employer personne, & qu'il ne faut point d'Officiers d'aucune profession dans le Royaume ? Non sans doute, la conclusion seroit fausse, c'est que quoyque les Officiers négligent certaines choses, ils ne les négligent pas toutes ; d'ailleurs s'il y en a de négligens, il y en a d'actifs, qui cherchent à se distinguer par émulation ; & il est même très-ordinaire que les plus négligens aportent encore plus de profit à ceux qui les employent, qu'ils ne leur causent de dépense.

2°. Cette consideration sur la négligence des Officiers, n'a pas empêché le Conseil d'establir il y a trois ans, en 1713. un Ingenieur, ou un Voyer General dans chaque Generalité, pour rendre compte au Conseil de l'estat des chemins, pour marquer les travaux les plus pressez, & les plus importans des Ponts & Chaussées, pour en faire les devis, & pour les visiter quand ils sont faits : il est bien certain qu'il peut estre négligent, mais il n'est pas moins vray, que malgré sa négligence, il apportera encore plus d'utilité à l'Estat, qu'il ne luy sera à charge par ses apointemens. Pourquoy les Voyers, & les Sous-Voyers, seroient-ils plus négligens que les Voyers Generaux ?

3°. Il n'est pas impossible de trouver dans chaque Profession de l'Estat, le secret d'en interesser les Officiers à remplir leur devoir avec exactitude ; ce secret consiste à lier si bien, & si étroitement l'interest particulier de l'Officier à l'interest public, qu'il ne puisse négliger l'un, sans négliger l'autre, travailler utilement pour luy, sans travailler aussi utilement pour les autres ; on peut dire que c'est un des plus importans secrets de la politique, & celuy qui demande en même temps le plus de profondeur, & de délicateffe d'efprit : qualitez qui fe rencontrent rarement à un haut degré dans le mefme homme. Icy l'Officier qui négligeroit les chemins dont il auroit l'infpection, fe mettroit en rifque de faire porter des plaintes à l'Intendant, & ces plaintes feroient d'autant plus écoutées, qu'elles viendroient de la part d'un plus grand nombre de perfonnes, qui fouffriroient de fa négligence; il craindra d'être deftitué honteufement, & cette crainte eft ordinairement un reffort fuffifant, pour faire faire aux Officiers une grande partie de leur devoir.

4°. On peut eftablir que dans la fuite on ne choifira les Voyers Generaux, qu'entre les Voyers particuliers, & les Voyers particuliers, qu'entre les Sous-Voyers ; alors outre le reffort de la crainte, ils auront de plus le reffort de l'efperance qui eft agreable, & qui les fera tous agir avec émulation, c'eft-à-dire, avec ardeur, avec diligence, & avec conftance.

5°. Pour eftre plus fûr de leur travail, on peut bien ne leur point donner d'apointemens fixes, mais l'Intendant taxeroit leurs Vacations pour les Vifites qu'ils feroient, tant pour les Travaux du Roy, que pour juger les amendes & les déclôtures, & pour executer ces jugemens ; de forte cependant que les Vacations ne pourroient point exceder ce qu'on leur deftineroit pour apointement, mais elles pourroient eftre moindres, s'ils n'avoient pas affez utilement travaillé.

III.

III. OBJECTION.

Vous proposez deux Sous-Voyers (m'a-t-on dit) pour l'Election de Valogne, un ne suffiroit-il pas? Ne peut-on pas ainsi épargner 800. liv. de Gages, ou de Vacations à cette Election?

RÉPONSE.

Cette Election contient plus de trente lieuës quarrées, ce qui est la milliéme partie du Terroir de la France; si la suputation de feu M. le Maréchal de Vauban est juste, qui comptoit dans le Royaume trente mille lieuës quarrées. Cette Election est une Presqu'Isle fertile, & remplie de beaucoup Vilages; ainsi dans chaque lieuë, il y a plus de dix lieuës de longueur en chemins, ainsi c'est plus de trois cens lieuës en chemins. Il y a par chaque lieuë de longueur au moins trente Bordiers, qui ont leurs Héritages clos des deux côtez du chemin, cela fait plus de neuf mille personnes qu'il faut mettre en travail tous les ans: de ce nombre, il y en aura au moins un sur cent, ou la centiéme partie qui n'auront ni le soin de réparer en Esté, ni la volonté de déclore en Hyver; ainsi il faudra faire faire pendant un Hyver, au moins quatre-vingt-dix déclôtures à des endroits souvent éloignez les uns des autres, de cinq ou six lieuës, & cela au commencement de l'Hyver, afin que les Voituriers & les Voyageurs souffrent moins long-temps de la négligence, & de la mauvaise volonté des contrevenans: or un seul Sous-Voyer pourroit-il ja-

C

mais fuffire à tant de détails en fi peu de temps? il y a
bien plus à craindre que deux ne foient pas affez, qu'il
n'y a à craindre qu'il y en ait un de trop.

D'ailleurs ces Sous-Voyers auront à vifiter au commencement de l'Hyver, chacun 150. lieuës de chemin,
pour diriger plus utilement la Vifite du Voyer, afin
qu'il voye ce qu'il y a d'important, & de luy épargner
des Vifites inutiles des chemins, qui n'ont pas befoin
de réparation; il faut qu'ils conduifent le Voyer dans
fes Vifites, il faut qu'il faffent payer les amendes & les
frais des déclôtures, il faut qu'ils donnent leurs Certifi-
cats aux Fermiers qui auront travaillé aux chemins, &
qui par leurs Baux, ne feront point chargez de
ce travail. Or tout cela demande un prodigieux détail, & par confequent la moitié plus de temps que n'en
auroit un Sous-Voyer.

Il eft vray qu'il y a dans la Generalité de Caën, des
Elections plus petites que celle de Valogne, comme
Carentan, & Saint-Lo; alors on peut ne mettre pour
ces deux qu'un Voyer, & deux ou trois Sous-Voyers:
mais il y a dans le Royaume, quantité d'Elections beaucoup plus grandes que Valogne, & alors il faudra multiplier à proportion les Sous-Voyers. Enfin l'experie-
rie feule peut décider dans la fuite avec fûreté, de l'utilité du plus grand, ou du plus petit nombre de ces Officiers, pour chaque Generalité; mais ce qui demeure
conftant, c'eft qu'ils font abfolument neceffaires, &
qu'ils feront très-utiles.

IV. OBJECTION.

C'est multiplier beaucoup la dépense pour les chemins, que de commettre trois Officiers par chaque Election mediocre, tant pour faire travailler les Bordiers, que pour diminuer les malverfations des Entrepreneurs.

REPONSE.

Je conviens que ces Commiffions augmenteront la dépense, mais fi c'eft une dépense absolument neceffaire, pour la réparation des chemins, & que cette réparation foit incomparablement plus profitable à l'Etat que ce qu'elle coûte; cette augmentation de dépense tombe dans le cas de ces avances que l'on fait tous les jours, ou pour éviter des grandes pertes, ou pour faire de très-grands profits; or d'un côté, on a vû que cette dépense eft abfolument neceffaire pour faire travailler les Bordiers, parce que fans ces travaux, les déclôtures, la dépense des Ponts & Chauffées devient inutile, & les chemins demeurent impraticables: & de l'autre, on va voir dans le Difcours fuivant, combien le profit qui reviendra au Royaume du bon eftat des chemins, furpaffera la dépense.

DISCOURS,

POUR parvenir à l'eſtimation du profit qui reviendra aux Sujets du Roy, ſi l'on tient en bon eſtat tous les Chemins du Royaume.

POur parvenir à faire cette eſtimation avec quelque ſorte de juſteſſe, par rapport à tout le Royaume, je ferai une eſtimation particuliere, par rapport à une de ſes parties, & lorſque ce profit ſera connu par raport à cette partie, & que la proportion que cette partie a avec le reſte du Royaume, ſera auſſi connuë, il ſera facile d'en conclure le profit total; ainſi je prendrai pour exemple l'Election de Valogne, que je connois ſuffiſamment, & dont je ferai connoiſtre la proportion avec le reſte de la France.

Il faut voir d'abord ce qu'il en coûtera dans l'Election de Valogne, pour y avoir des chemins en bon eſtat; & puis nous verrons ce que ce bon eſtat des chemins y apporteroit de profit.

Il eſt certain que ſi d'un côté le Roy y faiſoit employer 10000. livres, à faire quelques Ponts, & quelques Pavez nouveaux, & à réparer les anciens, à rendre les montées des hauteurs plus commodes pour les Charois, &c. & que ſi l'on obligeoit de l'autre, les Bordiers à faire pour *dix ou onze mille francs* de dépenſe en petits travaux, chacun en droit ſoy, on auroit en toute ſaiſon des chemins très-commodes; les amendes qu'on levera, pourront monter à mille livres, ou environ: de sorte que tout ce qu'il en coûtera à cette Election, pour n'avoir plus de mauvais endroits, ni dans les grands chemins, ni dans les chemins de traverse, montera au plus à *vingt-deux mille livres* : je ne compte point les appointemens, ou les Vacations du Voyer, & des deux Sous-Voyers, parce qu'ils seront pris, tant sur les amendes, que sur les *dix mille francs* que le Roy levera. Nous n'avons donc plus qu'à voir combien ces *vingt-deux mille livres* d'avance, raporteront de profit chaque année aux Habitans de l'Election.

Si par la réparation des Ponts, des Chaussées, & Pavez que fera faire le Roy, si par les pierres aportées, si par les déclôtures, & autres petits travaux que feront les Bordiers, les chemins parvenoient enfin à estre en bon estat en tout temps, il en naîtroit diverses sources de profit.

1°. Il y auroit beaucoup moins de dépense pour toutes sortes de Voitures, soit par Chevaux, soit par Charettes.

2°. Il se feroit pendant plus de six mois de l'année, beaucoup plus de Voyages utiles par toutes sortes de personnes.

3°. Le Commerce augmenteroit considérablement, c'est-à-dire, qu'il se feroit beaucoup plus d'échanges de ventes, d'achapts, & d'autres marchez, soit de meubles, soit d'immeubles.

4°. On épargneroit aux Habitans beaucoup de Chevaux, qui s'estropient dans les mauvais chemins.

Il est à propos d'examiner en détail chacune de ces principales sources de profit.

PREMIERE SOURCE DU PROFIT.

Les Voitures se feroient à beaucoup meilleur Marché.

Ce qui rend les Marchandises pésantes, plus ou moins cheres, c'est le plus ou le moins d'hommes, & de Chevaux qu'il faut pour les voiturer ; or si les chemins estoient aussi commodes en temps de pluïe, qu'en temps sec, si par des ziguezagues, ou par des tournans on avoit rendu plus faciles les montées sur les hauteurs, si l'on avoit remedié aux trous & aux orniéres qui se font dans les chemins, chaque Cheval porteroit en Hyver, autant qu'en Esté ; c'est-à-dire, environ un quart de plus, & feroit un quart plus de chemin en même espace de temps.

Une Charette pour porter le même fardeau, auroit un tiers, ou un quart moins d'hommes & de Chevaux; ou ce qui revient au même, elle porteroit un tiers ou un quart plus pesant, il y auroit même un quart plus de Marchandises tirées sur des roües. Or on sçait que pour les frais de la Voiture, il y a près de la moitié à gagner à faire tirer sur des roües ce que l'on feroit porter sur des Chevaux ; & il est visible que ce plus d'hommes & de Chevaux qu'il faut employer aux Voitures à cause des mauvais chemins, est en pure perte pour les Habitans, & que les délivrer de cette perte, c'est leur procurer un grand profit: mais voyons, s'il est possible, la chose dans un plus grand détail.

L'Election de Valogne est composée de 175. Parroisses, le Canton du Val, de Cere, au milieu duquel eft le Bourg Saint Pierre Eglife, lieu de ma naiffance, contient 17. Parroiffes, & fait environ la dixiéme partie de l'Election, foit pour l'étenduë, ou pour la valeur des Terres, foit pour le nombre des Habitans, ou pour leur commerce ; j'ay trouvé que dans ces 17. Parroiffes, il y avoit environ 62. Charettes attelées de quatre Bœufs & de deux Chevaux, & qu'il y avoit outre cela environ fix cens trente petits Chevaux de Voitures chez les Payfans, il faut deux hommes pour chaque Charette, & un homme pour mener deux Chevaux de charge, les Bœufs coûtent autant que les Chevaux à nourrir & à remplacer : fuppofant donc ces 62. Charettes attelées de fix petits Chevaux, ce fera trois cens foixante & douze Chevaux pour ces Charettes, lefquels joints aux 630. autres, font en tout environ mille petits Chevaux, & 440. hommes dans cette dixiéme partie de l'Election.

Suivant la proportion décuple, il y a dans l'Election dix mille Chevaux, & quatre mille quatre cens hommes occupez aux Voitures la plus grande partie de l'année. Or fi les chemins eftoient bien tenus, on épargneroit le quart des hommes & des Chevaux; c'eft-à-dire, 1100. hommes, & 2500. Chevaux pour charrier le même poids, ou bien avec le nombre d'hommes & de Chevaux, on charrieroit un quart davantage de denrées, ce qui revient au même. Il y a donc pour ce feul article, un quart de l'entretien, & de la nourriture de ces hommes & de ces Chevaux à épargner pour les temps qu'ils font employez à voiturer.

Chaque homme employé aux Voitures, ne peut coûter moins en gages & nourriture que 80. liv. dont déduifant la moitié pour les jours qu'ils employent à autre chofe qu'à voiturer, il refte 44000. liv. que l'on épargnera fur cet article.

Chaque Cheval l'un portant l'autre, coûte par an en ce canton-là, au moins foixante livres à nourrir, à ferrer, à entretenir d'équipage, & à refournir par achapt; ainfi ces 2500. Chevaux coûtent au moins *cent cinquante deux mille livres*, dont déduifant la moitié pour les jours qu'ils font employez à autre chofe qu'à voiturer, il refte *foixante feize mille livres*, laquelle jointe à celle de *quarante quatre mille livres*, fait la fomme de cent vingt mille livres que l'Election perd de ce côté-là, par les mauvais chemins, & qu'elle gagnera quand on les aura rendu commodes.

SECONDE SOURCE DU PROFIT.

Il y auroit en Hyver, la moitié plus de Voyages utiles.

Il y a beaucoup de gens qui ont des Terres à vifiter, & qui n'oferoient y aller l'Hyver à caufe des mauvais chemins, au lieu que fi les chemins eftoient auffi commodes en Hyver qu'en Efté, ils y feroient plufieurs voyages utiles; ainfi ils manquent à vendre & à achepter à propos, les denrées trop gardées dépériffent, les réparations triplent, les Moulins chomment, les ouvriers ne font employez qu'à demi, les Terres demeurent fans eftre ni affermées, ni cultivées, on néglige de planter. Or toutes ces chofes font en pure perte pour l'Eftat, & cette perte ne peut eftre eftimée moins que

la

la quarantiéme partie du revenu en fonds de terre, une pistole sur quarante.

Il y a dans l'Election de Valogne environ *neuf cens mille livres* de rente en fonds de terre, dont la quarantiéme monte à plus de *vingt-deux mille livres* de perte par an, que cause le mauvais estat des chemins ; ainsi leur réparation produiroit à l'Election de ce seul article, plus de *vingt-deux mille livres* de profit par an ; c'est-à-dire, autant que montera la dépense necessaire pour cette réparation.

TROISIE'ME SOURCE DE PROFIT.

Il y auroit beaucoup plus d'échanges, ou de Commerce.

On sçait que le Commerce ne se fait que par des échanges, car les ventes, les achapts, & toutes les autres conventions du Commerce, ne se font que dans le dessein d'avoir une chose pour une autre, d'avoir des denrées, des étoffes, une terre pour de l'or, pour de l'argent, pour du cuivre, ou bien d'avoir de l'or ; de l'argent, pour des denrées, pour des meubles, pour des habits, pour une terre. Tous ces marchez ne sont que des échanges, mais il y a une chose essentielle à remarquer ; c'est que les deux parties gagnent toûjours, croyent toûjours gagner à leur échange, car sans ce gain reciproque, soit réel, soit aparent, nul échange, nul marché ne se feroit.

Il y a des échanges où l'un gagne seul, tandis que l'autre y perd ; mais si le gain de l'un, est égal à la perte de l'autre, ces échanges ne sont ni nuisibles, ni avantageux à l'Estat, lorsqu'ils se font entre Citoyens du même Estat ; ces sortes d'échanges sont rares en comparaison de ceux où les deux Parties font du profit, soit

D

également, soit inégalement; ainsi tout ce qui sert à faci-
liter, à multiplier ces marches, ces échanges entre Citoyens, sert à multiplier leur profits, & à les enrichir, tout
ce qui y aporte de la difficulté, tout ce qui sert à en diminuer le nombre, apauvrit les particuliers, & ruine
l'Etat : grand principe de politique, où l'on fait beaucoup d'atention en Angleterre, & sur tout en Holande.

A l'égard des marchez de terres, & autres immeubles, il est évident par exemple, que celuy qui a le ta-
lent du Commerce de Mer, & qui s'y destine en don-
nant pour *vingt mille livres* une terre qui ne luy raporte
te que *mille livres*, mettant cet argent dans le Commerce, gagnera avec son travail, & son industrie plus
de *trois mille livres*, année commune, tandis que celui
qui achepte cette terre qui est dans son voisinage; en
augmentera le revenu de près de la moitié, par son ta-
lent à mettre les terres en valeur, tous deux gagnent
considerablement, quoyqu'inégalement à ce marché.

De même qu'un Habitant de Paris ait une terre de
trois mille livres de rente près de Valogne, tandis qu'un
Habitant de Valogne en aura une de pareille valeur
près de Paris; s'ils font échange, il est évident qu'ils
y gagneront tous deux plus d'un quart, par les aug-
mentations qu'ils y pourront faire commodement,
par les réparations qu'ils feront à temps, par le retran-
chement des voyages, & l'embaras de faire venir leur
revenu; ils pourront même y aller consommer leur denrées, ou en faire venir chez eux à la Ville; ils pourront de même la mettre en valeur, s'ils ne trouvent
pas de Fermiers : tels sont les profits qui resulent des
échanges des immeubles.

A l'égard des échanges des choses mobiliaires, les
profits en font à la verité plus petits, mais comme ces

fortes d'échanges font continuels, & qu'on en peut faire un grand nombre dans un jour, comme font les Marchands, les moindres petits profits, lorfqu'ils font frequens, & fort multipliez, équivalent à des profits plus grands, qui font moins frequens.

Une des caufes du profit qui fe fait par les deux parties dans l'échange des chofes mobiliaires, c'eft que chacun donne du fuperflu, qu'il eftime moins, pour avoir quelque chofe qui lui eft neceffaire, ou qu'il regarde comme neceffaire, & qu'il eftime plus : tel a trop de bled pour la nourriture de fa famille, & manque de vin; tandis que tel autre a trop de vin, & manque de bled: ce fuperflu de bled eft peu eftimé par l'un, mais fort eftimé par l'autre. Ces deux hommes, ou fi vous voulez, ces deux nations font échange, & y gagnent beaucoup, car alors leur fuperflu par cet échange, équivaut à du neceffaire; ainfi il arrive qu'une terre, qui n'eft propre en elle-même qu'à raporter du vin, devient propre par le moyen des échanges, à raporter du bled, & toutes les autres chofes neceffaires, & commodes à la vie. Les Holandois tirent peu de profit de leur Terres, en comparaifon du profit qu'ils font à porter, à reporter, & à échanger toutes fortes de denrées, & de marchandifes.

Or cette multitude prodigieufe de petits échanges, entre les vendeurs & les achepteurs, feroit encore la moitié plus grande dans les fix mois d'Hyver, fi les achepteurs & les vendeurs n'avoient rien à craindre des mauvais chemins; & fi les marchandifes pouvoient fe voiturer facilement aux Foires, aux Marchez, aux Ports, & aux Villes.

Les Terres de l'Election de Valogne montent environ à *neuf cens mille livres* de revenu, on en peut juger par le Dixiéme, qui monte environ à *quatre-vingt dix mille livres*; je ne compte dans le revenu des Terres que la valeur des denrées de la premiere main; c'est-à-dire, le bled, le lin, la laine, &c. vendus au Marché, mais le profit que font les Marchands de bled, les Boulangers, les Fileufes, les Dentellieres, les Tifferans, les Blanchiffeurs, les Marchands de Toiles, les Fileurs de laine, les Manufactures de bas, les Drapiers, &c. & tous les autres Marchands, ces profits de la feconde, troifiéme, & quatriéme main, compofent dans cette Election un revenu, qui eft du moins double du revenu des fonds de Terre; c'eft-à-dire, qu'il monte au moins à dix-huit cens mille livres, & iroit bien plus loin, fi le Commerce étoit floriffant.

Or l'augmentation qui ariveroit à cette efpece de revenu par la multiplication des échanges, fi les chemins étoient en bon état, ne peut eftre eftimée moins qu'au dixiéme de ce même revenu; ce feroit *cens quatre-vingt mille livres*, mais pour ne courir aucun rifque de fe tromper dans cette fuputation, je veux qu'on n'eftime cette augmentation du revenu du Commerce, que fur le pied du vingtiéme; c'eft-à-dire, *quatre-vingt dix mille livres*.

QUATRIE'ME SOURCE DE PROFIT.

Moins de Chevaux eftropiez, &c.

Dans les mauvais chemins, les Voitures verfent plus aifément; elles fe rompent donc plus fouvent, lesMarchandifes en font endomagées, les Chevaux s'eftropient; il y a beaucoup d'endroits où il s'eftropie prefque tous les jours plufieurs Chevaux durant un Hyver; on peut donc compter que ces mauvais chemins causent dans l'Election la perte d'un Cheval sur vingt pendant un Hyver, c'est la vingtiéme partie des Chevaux de Voiture qui montent à dix mille ; ainsi c'est 500. Chevaux de perte que causent tous les ans à l'Election, les mauvais chemins. Or en estimant ces Chevaux à *quarante francs* l'un portant l'autre, ce sera *vingt mille francs*, que le bon état des chemins épargnera à l'Election.

Je ne mets point icy en ligne de compte, les Chevaux de Selle, & les Chevaux de Carosse qui s'estropient, & qui sont cependant en grand nombre, & d'un beaucoup plus haut prix ; je ne compte point non plus le brisement des Voitures, le domage que souffrent les Marchandises, afin qu'on ne prenne pas ma suputation pour une exageration.

Réflexion sur ces quatre sortes de profit,

Nous avons vû que si l'on faisoit tous les ans dans l'Election une avance, ou une dépense de 22000. liv. tant pour les Ponts & Pavez du Roy, que pour les Charretées de Pierres, les déclôtures, & les gages des Officiers des chemins, il arriveroit que la dépense qui se fait en Voitures dans cette Election, diminuëroit de plus de *six vingt mille livres*, que l'augmentation du nombre des Voyages utiles produiroit dans ce canton un profit de plus de 22000. liv. que l'augmentation du Commerce d'Hyver y produiroit plus de *quatre-vingt-dix mille livres* de profit : nous avons vû enfin que la diminution dans le nombre des Chevaux estropiez, y produiroit une épargne de plus de *vingt mille livres* ; ainsi ces quatre sources de profit y produiroient une augmentation de revenu, qui monteroit à plus de deux

D iij

cens cinquante mille livres. Ainſi l'on voit que l'a-
vance, ou la dépenſe de 22000. liv. raporteroit dix
pour un, ou mille pour cent, ce qui eſt un profit quarante fois plus grand que celuy que font les Laboureurs
& les Vignerons, qui ne gagnent pas année commune
vingt-cinq pour cent de profit de toutes les avances,
de tous les travaux, & de toutes les dépenſes qu'ils font
pour leurs Terres & pour leurs Vignes.

Donc les 2600. liv. de Gages des trois Officiers qui
ſont ſi neceſſaires pour contraindre ce nombre prodigieux de Bordiers à réparer, ou à déclore chacun en
droit ſoy, loin d'eſtre à charge à l'Election, luy ſeront
au contraire d'une très grande utilité; & *c'eſt ce que je
m'eſtois propoſé de démontrer*, pour répondre à la derniere
Objection.

Proportion de l'Election de Valogne au reſte du Royaume.

L'Election de Valogne fait à peu près la huitiéme
partie de la Generalité de Caën, & cette Generalité fait
le tiers de la Normandie; & effectivement de trente
parties que paye la Province à l'Eſtat, cette Generalité en paye dix, celle de Roüen quatorze, & celle d'A-
lençon ſix ou environ; & l'on peut regarder les trois
Generalitez de Normandie, comme la dixiéme partie
du Royaume, de ſorte que comme la Generalité de
Caën en fait la trentiéme partie de l'Election de Valogne, je ne dis pas pour l'étenduë, mais pour le revenu,
parce que le terroir eſt des meilleurs, les Habitans y
ſont nombreux, des plus laborieux, & des plus induſ-
trieux; donc ſi l'Election de Valogne profite d'environ
250000. liv. pour une avance de 22000. liv. le Royaume entier profitera par an d'environ ſoixante millions
pour une avance annuelle d'environ ſix millions, dont

plus de la moitié ne se débourse point, mais se gagne par le travail des Habitans même.

Je ne mets point icy en ligne de compte, divers autres avantages considerables que recevroit l'Estat, si les chemins estoient tous aussi praticables en temps de pluye, qu'en temps sec : mais cependant il n'est pas inutile d'y faire quelque atention.

1°. *La commodité publique*, en ce que ceux qui sont forcez de voyager, iroient plus loin, & sans aucun risque; cette commodité feroit qu'il se feroit la moitié plus de voyages de plaisir en Hyver, il y auroit plus de Carosses, de Voitures, de Chevaux, & de Chaises de Postes, les Cabaretiers gagnant plus par le grand nombre, serviroient mieux, & à meilleur marché, ces commoditez attireroient même dans le Royaume un plus grand nombre d'Habitans passagers, ou Voyageurs étrangers, qui aporteroient encore plus d'argent dans le Royaume.

2. *Les Magasins des Frontieres en coûteroient beaucoup moins* à l'Estat. Quand le Roy veut former l'Hyver sur les Frontieres des Magasins, pour les Armées qui marchent au Printemps, les Magasiniers vendent plus cher à proportion que leur coûtent les Voitures; c'est-à-dire, un quart plus cher que ne coûteroient ces Voitures, si les chemins estoient praticables. Il y a même une consideration, c'est que toutes ces Voitures passant tout de suite par les mesmes chemins, les gâtent encore davantage; ainsi les Fourages, les Bleds, les Munitions, &c. coûtent au Roy un sixième plus cher.

3°. *On perd dans les Armées beaucoup plus de Chevaux.* Tout le monde sçait que même en Esté, quand il a plû deux ou trois jours, & que l'Armée est forcée de faire de grands fourages, ou de faire une Marche, il

s'eftropie dans les mauvais chemins un nombre prodigieux de Chevaux, foit d'Officier, foit de Cavalier, foit
de Bagage, foit des Vivres, foit de l'Artillerie. Dans
une Armée de 40000. hommes, il y a ordinairement
20000. Chevaux, & il s'en perd plus de la vingtième
partie, de forte que pour trois femblables Armées, c'eft
trois mille Chevaux de perte, & cette perte double,
fi ces Marches fe réïterent.

4. On fçait que d'une Marche précipitée, depend
fouvent tout le fuccez d'une Campagne, & tout le
fruit d'une grande Armée, qui a coûté des fommes im-
menfes à lever & à entretenir : or ces Marches préci-
pitées deviennent impraticables en temps de pluye,
quand les chemins ne font ni pavez, ni ferrez, furtout
à caufe du Bagage, des Caiffons, & de l'Artillerie.

CONCLVSION.

Le grand obftacle pour la réparation des chemins,
c'eftoit la confideration de la grande dépenfe, furtout
dans un temps où l'on retranche toutes les dépenfes
qui ne font pas neceffaires, & qui ne raportent point de
profit ; mais cet obftacle s'évanoüit en confiderant que
hors la dépenfe des Troupes, il n'y a aucune dépenfe fi
preffante, fi utile au Commerce, & fi importante pour
l'enrichiffement de ceux qui doivent payer les fubfides.
Ainfi j'ay lieu d'efperer que les Confeillers de l'Eftat,
qui ont aujourd'huy le Département des chemins, fur-
monteront tous les autres petits obftacles fubalternes,
pour former un bon Reglement, pour établir un bon
ordre dans les Travaux publics : & pour nous procurer
enfin dans tout le Royaume des chemins commodes en
tous temps : Avantage pour lequel tant de gens de bien
ont fait dans le dernier Règne, tant de vœux très-inutiles.